(…)
Para llegar a viejo
Hay que tomárselo con calma
No abusar de nada
Para llegar lejos

No hacer grandes esfuerzos
Saber cuidarse
Con besos dulces
Bajo un trocito de cielo azul.

Serge Gainsbourg

Para Pierre y Achille, mis dos perezosos,
por nuestras horas sin fin…
Christine

Mi gato Bolita

Christine Roussey

 Bruño

Este es mi gato.
Se llama Bolita.
Mi abuela lo rescató de la calle:
él le sonrió, ella se lo trajo a casa y,
como Bolita se durmió a mis pies,
¡me quedé con él!

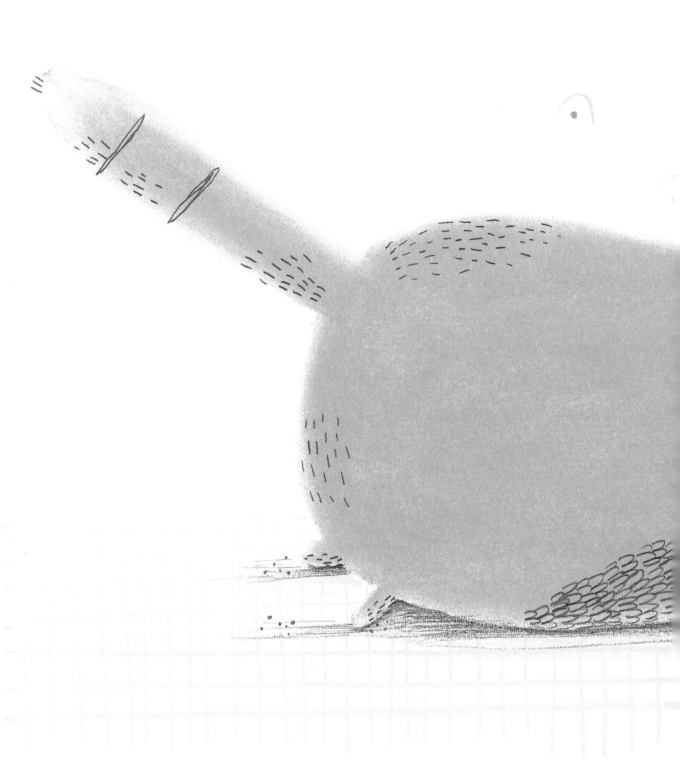

Bolita es suave, regordete,
¡redondito como una pelota!
Tiene las orejas puntiagudas, las patas muy cortas
y una gran barrigota.

Bolita es muy divertido:
sabe rugir como un tigre,
aullar como un lobo
y siempre está
de buen humor:
¡se ríe con todo!
Le encantan los abrazos
y los mimos…

¡Bolita es mi mejor amigo!

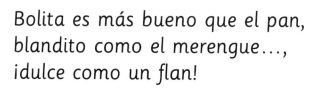

Bolita es más bueno que el pan,
blandito como el merengue…,
¡dulce como un flan!

Pero también es
bastante perezoso:
¡un dormilón,
un remolón,
un comodón!

No corre muy rápido
y a veces parece
algo tontorrón.

¡Dormir es su pasión!

Bolita se echa la siesta
en todas partes,
a todas horas...
¡y ronca
a pleno pulmón!

Hoy es miércoles, y los miércoles estoy ocupadísima:
tengo yudo, natación, yoga, pintura, cerámica…
¡y también voy a jugar al fútbol
y a montar en bici con mis amigos!

¡No puedo llegar tarde!

«Perdona, Bolita,
pero ahora no me da tiempo a abrazarte…
¡Aparta, por favor, que tengo mucha prisa!».

Nada más despertarme empiezo a correr...
¡Rápido, no hay tiempo que perder!

Me pongo el bañador, cojo mi bolsa de deporte...
«¡Porras, Bolita, que ese es mi gorro!».

Me pongo los pantalones, pero Bolita está tumbado
sobre mi cinturón. «¡Vamos, Bolita, que llego tarde!».

Busco las pinturas y el resto de mis cosas.
«¡Muévete, Bolita, no vale dormirte sobre mi cuaderno!».

¡Alehop, ya lo tengo todo! Me cuelgo la bolsa al hombro,
cojo las zapatillas, atravieso el salón corriendo a lo loco y...

¡PATAPLAFFF!
¡Echo a volar!
¡He tropezado con Bolita,
que estaba tumbado junto a la entrada!

Mi mochila y todas mis cosas también han salido volando.
¡Vaya porrazo!

Tirados por el suelo, Bolita y yo nos miramos...
¡y nos echamos a reír a carcajadas!

Es de esas risas tremendas que hacen
que te duela la tripa y se te salten las lágrimas.

Después hemos rodado un rato por el suelo
y Bolita me ha llevado al jardín.
Allí hemos buscado mariquitas, caracoles y otros bichitos
mientras el viento movía las ramas del gran pino.

¿A que es un árbol precioso, todo lleno de animalitos?

Luego hemos ido al estanque
para escuchar el *zum, zum*
de los insectos y el *croac, croac*
de las ranas.

¡Chofff! ¡Nos encanta salpicar agua!

De pronto han empezado a sonarnos las tripas.
¡Hora de la merienda!
Peras, moras, grosellas, cerezas…
¡Ñam, ñammm, qué ricas!

Aunque no está bien limpiarse los dedos
en la camiseta, ¿eh?

Después nos hemos tumbado
a dormir la siesta bajo el cerezo.
Los pájaros cantaban solo para nosotros
y las cerezas bailaban al ritmo del viento.

¡Bolita y yo
éramos tan felices allí,
sin hacer nada,
los dos solos...!

Por la noche, en la cena, papá y mamá me han dicho:
«Bueno, cuéntanos: ¿qué has hecho hoy?».
Y yo he contestado:
«Nada, jugar con Bolita…».

Y he sonreído a mi mejor amigo.

31901063752044

Título original: *Mon chat Boudin*
© 2015, De La Martinière Jeunesse, un sello de La Martinière Groupe, París
© 2017, Grupo Editorial Bruño, S. L. - www.brunolibros.es
Juan Ignacio Luca de Tena, 15; 28027 Madrid
Dirección Editorial: Isabel Carril / Coordinación Editorial: Begoña Lozano
Traducción: Pilar Roda / Edición: Cristina González / Preimpresión: Mar Garrido
ISBN: 978-84-696-2112-7 / Depósito legal: M-2704-2017
Reservados todos los derechos / Impreso en Francia